山口青邨の百句

文体の多様さ、自在さ

岸本尚毅

ふらんす堂

目次

山口青邨の百句

鉱山の暑き日となり昼按摩

『雑草園』大正十一年

1

「足尾」と前書がある。鉱山の町の暑い昼下がり。流しの按摩が通る。非番の労働者が昼日中に按摩を頼むこともあるのだろう。森閑とした、けだるいような空気を感じる。「暑き日となり」という緩い調子が句柄に合う。

工学部教授としての青邨の専門は選鉱学であった。鉱山の景は青邨にとって職業上親しいものであった。

この里の通りすがりの初音こそ

『雑草園』
大正十五年

2

ふと通りかかった「この里」で初音を聞いた。ただそれだけのこと。「初音こそ」とは「初音こそ嬉しけれ」とでもするところを省略したのであろう。

「この」と「こそ」に気持ちが込められている。「通りすがり」という言葉のいくぶん俗な語感も新鮮である。

さしたる内容はないが、いきいきとした口調のよろしさで読ませる句である。

天近く畑打つ人や奥吉野

『雑草園』
大正十五年

3

「吉野に遊ぶ」と前書がある。旅人の目に映った奥吉野の景である。そそり立った山の高みに畑を打つ人の姿が見える。「天近く」には、人はこんなに高く険しいところにも畑を作るのだという驚きの気持ちもあろうか。

中七を「や」で切って下五を体言で止める句形は格調高く、安定感がある。くだけた口調の句も作る青邨であるが、この句は正攻法の詠み口。

海の日の爛旰として絵踏かな

『雑草園』
昭和四年

4

水原秋櫻子の「ぜすきりしと踏まれ踏まれて失せたまへり」は眼前にある絵踏の板を詠んだ句。一方「海の日の爛旰として」ははたして眼前の景だろうか。

海に面した町にあって往古の絵踏を想像しているとも解せるが、「爛旰」というそれ自体時代がかったような文字を目にすると、タイムトンネルの彼方に、海の日を眩しみながら踏絵を踏む村人の姿が見えるような思いがする。

ひもとける金槐集のきらゝかな

『雑草園』
昭和四年

5

紙魚を「きらゝ」と詠んだ。キララとキンカイシュウとが音として響き合う。「雲母虫」と呼ばれる紙魚の光沢と「金槐集」の「金」という文字が通じ合う。

音や字面の面白さが目立つ句だが、背景には実朝への思いもありそうだ。青邨には「実朝の歌ちらと見ゆ日記買ふ」や「初鏡清和源氏の慓悍を」という句がある。「ひもとける」は手堅い描写。

をみなへし又きちかうと折りすゝむ

『雑草園』
昭和四年

6

秋の花々を手折りながら野を行き、あるいは園をめぐる。「折りすゝむ」という凝縮された動詞が力強い。折ることも進むことも強く能動的な行動である。「をみなへし又きちかうと」という言い方も、次々に花をわがものにするような心持ちがする。

句中に切れのない一本調子の句形。男性的な風雅を湛えた作。

みちのくの町はいぶせき氷柱かな

『雑草園』
昭和五年

7

「いぶせし」は「鬱陶しい」というほどの意味。町中の軒という軒に垂れ下った氷柱を美しいと思うのは気楽な旅行者であって、みちのく人にとって氷柱は「いぶせき」もの。それが「みちのく」の冬のありのままの姿なのだ。

「町の」や「町に」ではなく、「町は」であることに注意したい。「は」という助詞の射程の長さを生かしている点は、阿波野青畝の「住吉にすみなす空は花火かな」の「空は」と同様。

連翹の縄をほどけば八方に

『雑草園』
昭和五年

巻いていた縄をほどくと連翹の枝が八方に広がり、本来の姿を取り戻した。花が咲いた状態の連翹である。

縄の用途について、古舘曹人氏は「あまりはびこるので縄で括って他の木に邪魔にならないようにする」ためだと解する（『青邨俳句365日』）。

「花」「枝」という言葉を使うことなく、連翹の華やぎを「八方に」という一見無造作な一語で表現した。

ほぐれんとしてたくましき木の芽かな

『雑草園』
昭和五年

9

伊豆湯ヶ島での吟。木の芽だけを詠んだ。虚子の「大寺を包みてわめく木の芽かな」（大正二年）と比べ、素朴でおっとりとした詠み方である。

この句の鑑賞には根気が必要である。木の芽のさまをじっと思い描く。さらに木の芽を見つめる作者の目を思い描く。読者はやがて「ほぐれんとしてたくましき」という言葉に託された作者の心の襞に触れる。何のはからいもない純朴さが取り柄の一句である。

夏山の重畳たるに熔鉱炉

『雑草園』
昭和五年

10

山口誓子に「七月の青嶺まぢかく熔鉱炉」（『凍港』昭和七年刊・所収）がある。いずれも夏の山と熔鉱炉の濃密な存在感を詠んだ句。

誓子の「七月の青嶺」は語感が生々しい。青邨の「夏山」は無造作。誓子の「まぢかく」は語感が鋭い。青邨の「重畳」には漢語の厚みがある。才気が露わな誓子の句と比べ、青邨の句には才気を消した重厚・素朴な味わいがある。「重畳たるに」の助詞の「に」の使い方にも注目したい。

かじかめる手をもたらせる女房かな

『雑草園』
昭和五年

11

イソ夫人はしばしば青邨の句に登場する。吸入をしたり「夏草」同人諸氏のために豆飯を炊いたり。青邨は大正十一年に結婚。この句の当時は三十九歳であった。

寒い日、夫人がその冷たく悴んだ手をもたらした。おそらくは黙って夫の手を取ったのであろう。「もたらせる」は間接的な、奥ゆかしい言い方である。「女房」に「かな」をつけたところが少し大仰で、照れ隠しの趣もあろうか。

湯女がゆく崖に道あり山ざくら

『雑草園』
昭和六年

12

伊豆湯ヶ島での吟。山深い温泉地。温泉宿で働く人々がそこへ通うのだろう。そう思って眺めると崖を伝うように道がある。付近に山桜が咲いている。

中七の「あり」で切れる。上五の「湯女がゆく」はそこで切れそうにも見えるが「湯女がゆく崖」とつながる。さらに「崖に道あり」と続く。切れそうで切れない言葉の運びにこの句の妙味がある。

草刈りしあとに蕗の葉裏返る

『雑草園』
昭和六年

13

草を刈った。藷も刈った。その跡に、裏返った藷の葉が落ちている。色の濃い表を地に伏せ、色の薄い葉裏を見せている。草が刈られた地べたは平らかである。葉についた茎は長いのや短いのや。

草刈りの生々しさとその跡のすがすがしさ。「草刈りしあとに藷の葉裏返る」という、途中に切れのない一本調子の句形は野趣のある句柄に合っている。

仲秋や花園のものみな高し

『雑草園』
昭和六年

「花園のもの」「みな高し」という大まかな言い方で秋の花々の賑わいを捉えた。光や風も想像される。『ホトトギス雑詠選集』には「仲秋を花園のものみな高し」で収録されている。「仲秋や」のほうが安定感のある句形だ。「仲秋を」とすると、秋草が仲秋の空間を貫いて伸びてゆくような感じがして句に勢いがある。初出の「ホトトギス」昭和六年十二月号は「仲秋や」である。

吸入の妻が口開け阿呆らしや

『雑草園』
昭和六年

15

風邪をひいた妻が吸入をしている。吸入だから口を開けるのは当たり前だが、あえて「口開け」と詠んだ。ぽかんと口を開け、一心に蒸気を吸う妻。その恍惚とした顔に作者は一種の痴呆美を見出した。蕪村の「腰ぬけの妻うつくしき巨燵かな」に通じる感覚であろうか。それをこの作者は「阿呆らしや」と詠った。ちょっとした照れもあるのだろうか。

おでん屋の屋台の下の秋田犬

『雑草園』
昭和六年

16

三遊亭圓丈の演じる「新ぐつぐつ」はおでんの種を擬人化した新作。主人公の竹輪が犬に食われて噺は終わる。「新ぐつぐつ」の犬はシロというただの犬。この句の犬は「秋田犬」である。おでん屋の飼犬なのか。餌をくれる客がいるのでいつも来るのか。屋台の下にいる秋田犬は妙にリアルであり、しかもいくぶん情けない。犬を「秋田犬」としたのも一種の描写である。

子供等に夜が来れり遠蛙

『雑草園』
昭和七年

17

青邨は昭和二年に長女、同四年に次女、同六年に長男を得た。この句は当時幼かった子供たちを詠んだもの。青邨は杉並区に住んでいた。当時は蛙の声も聞こえたのだろう。

昼は遊び、夜になると眠る。幼い子の一日が終わろうとしている。それを見届けた親の安堵が感じられる。佐藤鬼房に「夜蛙や沿線に子を産して住む」（『海溝』）がある。両者の句柄の違いが面白い。

草庵の甕に孑孑幸福に

『雑草園』
昭和七年

甕に湧く孑孑に生の至福を見出した。「幸福に」という措辞は「ストーブの口ほの赤し幸福に」（『松本たかし句集』）、「風呂敷の落葉ぎつしり幸福に　川端茅舎」（『白痴』）、「幸福に人のくつおと秋の苑　飯田蛇笏」（『雪峡』）といった句に見られる。

青邨は自宅を「雑草園」と称し、『草庵春秋』という随筆集がある。この句の「草庵」も自宅のことかもしれない。

万燈の花ふるへつゝ山門へ

『雑草園』
昭和七年

19

「堀の内妙法寺会式」と前書がある。お会式の万灯は進むときの振動でたくさんの花が震える。夜風が吹きつけているのかもしれない。原因は何であれ、ようするに「ふるへつゝ」である。

　万灯は震えながら山門に向かって進む。その様子を単純に「山門へ」と詠んだ。下五は言いさしたように助詞で終わる。振動し、移動する対象を無造作に描きとった。

みちのくの雪深ければ雪女郎

『雑草園』
昭和七年

20

みちのくは雪が深い。雪が深ければ雪女郎がいる、というのである。みちのく↓雪が深い↓雪女郎という一本調子の句である。言葉の運びも発想も一種単調な印象のある句である。求心的な単調さというべきか。

「雪深ければ雪女郎」というリズムは快い。子守歌や童謡を思わせる快い単調さが、読者を雪女郎のいるみちのくの世界へ誘う。

へつつひのけむりにむせぶ梅の宿

『雑草園』
昭和八年

「越ケ谷」と前書がある。このような句を読むと、俳諧・俳句が和歌的な優美さと訣別したことを感じる。「梅の宿」と気取ってはみたものの、かまどの煙にむせて梅の香どころではない。そんな「梅の宿」を作者は面白がっている。

「へつつひのけむりにむせぶ梅の宿」という語り口は身も蓋もない。朴訥な味わいのある一句である。

燕の子ゐると思へど昼しづか

『雑草園』
昭和八年

22

「昼しづか」は森閑とした夏の昼下がりの感じ。以前に取り上げた「鉱山の暑き日となり昼按摩」と同じような気分であろう。

「燕の子ゐると思へど」とは、そこに巣があって燕の子がいることを作者は予め知っている。しかし眼前に確認したわけではない。燕の子がいるはずだが今は随分静かだと漠然と思っている。巣を見にいくのも億劫だ。昼下がりのアンニュイが漂う。

雑鬧のお閻魔さまへ汗かきに

『雑草園』
昭和八年

23

「新宿太宗寺の閻魔」と自註にある。大勢の参詣人で賑わう閻魔参りに出かける。それは汗をかきに行くようなものだ、というのである。

「雑鬧」といい「汗かきに」といい、句柄は無風流。アンチ風流と言ってもよいかもしれない。

逆に言えば、汗と埃にまみれた人々が雑踏をなす姿こそお閻魔さまの本意だとも思える。

祖母山も傾山も夕立かな

『雑草園』
昭和八年

「九州羇旅」と前書がある。祖母山は宮崎、大分、熊本の各県にまたがる山。傾山も同じ山系にある。

「○も□も△かな」という句形は、たとえば星野立子の「まゝ事の飯もおさいも土筆かな」などに見られる一つのパターンである。青邨の句は「祖母山」「傾山」「夕立」と並ぶ名詞の配列が効果的。この句形の句としては最高級の出来と言えよう。

実朝の歌ちらと見ゆ日記買ふ

『雑草園』
昭和八年

25

青邨の句には素っ気なく無造作な句と、巧さを前面に出した句とがある。この句は後者である。

一句は「ちらと見ゆ」で切れる。店頭で日記を手に取った。各頁の余白に和歌や俳句を刷り込んだものであろう。実朝の歌がちらと見えた。その日記を買うことにした。

「見ゆ」は自動詞で主語は「歌」。「買ふ」は他動詞で主語は省略された「我」。「見ゆ」から「買ふ」への主語の切り替わりが自然である。

わが前に垂れて花あり枝垂梅

『雑草園』
昭和九年

取り合わせのない一元的な描写（いわゆる「一物」）の句。そもそも「わが前」にあるからこそ句に詠むのであり、枝垂梅だから「垂れて花あり」も当たり前である。

にもかかわらず「わが前に垂れて花あり」と言われると、読者は作者とともに枝垂梅をしげしげと眺めているような心持ちになる。

このような句を見ると、青邨が俳句の写生の何たるかを体得していたことがわかる。写生とは説明ではない。言葉を通じて読者の想像を喚起することなのだ。

螢火やこぽりと音す水の渦

『雪國』
昭和九年

27

「螢火や」で切れる「二句一章」だが、「螢火」と「水の渦」の関係は「取り合わせ」というにはあまりに近い。螢火と水は一連の景である。

「音す」は終止形。だが気持ちの上では連体形かもしれない。「こぽり」は絶妙の擬音語。暗く静かな中をひっそりと流れる水の気配が感じられる。「水の渦」は一見拙いようだが、川でも沼でもなく、ただ「水」としかいいようがない水面を想像させる。

ふんばれる真菰の馬の肢よわし

『雪國』
昭和九年

「真菰の馬の肢」に関する「ふんばれる」と「よわし」という二つの着眼点をつなげて一句にした。弱々しい足で踏ん張っている。あるいは踏ん張っているのだけれど、いかんせんその肢は弱々しい。そのへんのニュアンスはいかようにも汲み取れる。

途中に切れのない一本調子の句形でありながら、盆のあわれが漂い、句の感情は繊細である。

山ざくらまことに白き屛風かな

『雪國』
昭和九年

季語は「屏風」（冬）。山桜は絵の中の景。絵屏風の山桜が妙に白っぽい。胡粉であろうか。

「まことに」とは「本当に」という意味。「まことに白き」と言ってもどんなふうに白いという描写にはならない。しかし山桜の白さは思い浮かぶ。絵屏風を眺めている作者の心が「まことに白き」という措辞を通じてそのまま読者に伝わってくる。これも一種の描写である。

紙燭の欿（ほ）天（そら）に向ひて梅白し

『雪國』
昭和十年

焔が「天に向ひ」とあり、「梅白し」とあるので屋外にしつらえた「紙燭」だろう。焔は直立し、風はない。夜の景だが、梅の白さは見て取れる。

梅の花の頃の冷たい夜気が感じられる。静謐な感じの句だ。「紙燭の燄天に向ひて」と「梅白し」は発想的には二句一章だが、句形は上五から下五まで一気呵成の印象がある。青邨の句は時として素っ気なく、それがまた潔い。

山妻に豆飯炊かせ同人等

『雪國』
昭和十年

「夏草同人草庵に集る」と前書がある。草庵とは青邨宅。豆飯は「夏草」同人諸氏が青邨夫人に所望したというより、青邨がもてなしのために夫人に頼んだのであろう。それを同人諸君はうちの山妻に豆飯を炊かせおって、と面白く言いなしたのである。

この句も一気呵成の体の句形であり、一種素っ気ない書き方であるが、その向こうに作者の人間味が垣間見える。そんなところにも青邨の句の奥行きがある。

雨どゞと白し菖蒲の花びらに

『雪國』
昭和十年

「菖蒲の花びら」とあるので花菖蒲と解する。花が何色かは示されていない。花を打つ雨ばかりが「白し」というのである。

　中七の途中の「白し」で切れる。上五から中七にかけての「どゞと白し」の語調は強く、その後に取って付けたような「菖蒲の花びらに」はただ無造作。この単純なまでの語調のメリハリの付け方がこの句の特徴。大雑把な印象を受けるが、じつは景の本質を捉えている。

落し文ゆるく巻きたるもの悲し

『雪國』
昭和十一年

落し文の中に巻き方の緩いものがあった。その緩い様子がそれをなした虫の拙さをあらわしているようで、それを「悲し」と見た。

落し文の巻き方の違いを見出したのは細かな観察。「落し文ゆるく巻きたるもののあり」であれば細かな観察に終始した句として評価されよう。しかし「悲し」によってこの句は叙情的な写生句となった。句形は例のごとく一本調子だが、句の性質は重層的である。

ハンモック海山遠く釣りにけり

『雪國』
昭和十一年

34

ハンモックを吊ったものの海や山に避暑に行ったわけではない。「海山遠く」なのである。手近な木陰にでも吊ったのだろう。だからといって詰まらなそうにしているわけでもない。「海山遠く」からは、はるかな海や山に憧れるような心持ちが感じられる。

あるいは、海山に遠くとも、ハンモックを吊ることの楽しさに自足しているようにも思える。

芋虫の太りにけりな露の宿

『雪國』
昭和十一年

芋虫も秋だが『ホトトギス雑詠選集』では「露」の項に収録されている。

「露の宿」という古雅な言葉と裏腹に、裏の畑では芋虫が黙々と菜を食らい、丸々と肥え太っている。「花の色はうつりにけりな」を思わせる措辞が芋虫の太ることに用いられていることも可笑しい。作者は、何とまあ芋虫の太ったことよ、ととぼけている。青邨的ユーモア。

みちのくの如く寒しや十三夜

『雪國』
昭和十一年

「寒し」という語があるが、季語は「十三夜」。

今年の十三夜はことのほか寒い。その寒さは故郷の「みちのく」の寒さを連想させる。

眼前にあるのは十三夜の月。あとはただ冷やかな空気感があるのみ。もしかすると発想の次元では「みちのくの寒さを思ふ十三夜」ということかもしれないが、「みちのくの如く」と言ったときの「如く」の力強さは格別。

をばさんがおめかしでゆく海羸うつ中

『雪國』
昭和十一年

「『をばさん』はこの時、たれそれの、と言ふ前提を抜きにした一人の年増として一層の実在感を持つ」「この句のやや訥弁調のをかしさは、あるいは作者が奥州生れであることに起因するのかも知れぬ」とは塚本邦雄の鑑賞（『秀吟百趣』）。「おめかし」という言葉にもある種のニュアンスがある。フーテンの寅さんの映画にでも出て来そうな、ある種普遍的な「をばさん」の姿が彷彿とする。

枯草に手をつき梅を仰ぎけり

『雪國』
昭和十二年

「水竹居邸にて」と前書がある。枯草に手をついて梅を仰ぐ。日光浴をしているような格好である。「ホトトギス」昭和十二年四月号では「枯芝に」で入選しており、『ホトトギス雑詠選集』では冬の部の「枯芝」の項に収録されている。ただし同時作に「紅梅の枝なが〳〵と人の前」があり、青邨自身は梅の句として詠んだものと思われる。

「枯芝」だと庭園風だが、「枯草」とすれば野梅のような情趣がある。

たんぽゝや長江濁るとこしなへ

『雪國』
昭和十二年

「揚子江のほとり宝山城にて」と前書がある。「長江濁るとこしなへ」は長江の永遠の濁りという意味。悠久の時間とともに長江の流れの地理的な広がりが想像される。その時間・空間の広がりと、足元のちっぽけな蒲公英との対照。「とこしなへ」は永遠という意味の名詞だが、最後の「へ」の字は助詞の「へ」のように聞こえ、読者は「はるかな未来へ」というような連想に誘われる。

李先生紅梅の酒家に麻雀を

『雪國』
昭和十二年

40

「上海にて——菫会の歓迎句会に出席」と前書がある。「李先生」なる人物が紅梅の咲く「酒家」でマージャンに興じている。「李先生」「酒家」「麻雀」という語彙がもたらす中国風のイメージを楽しみたい。紅梅の「紅」の色も中国風の色彩感に合っている。

動詞はない。「〜に〜を」というテニヲハだけで、誰がどこで何をしているかという状況を語った。

安南に日は落ちてゆく籐椅子に

『雪國』
昭和十二年

41

渡欧の洋上での作。南シナ海からは「安南」（ベトナム）が西の方角。「落ちてゆく」が終止形なら「安南に日は落ちてゆく。我は籐椅子にあり」と読む。連体形なら「安南に日が落ちてゆくのが見える籐椅子に、我あり」と読む。「日は」の「は」との関係では「落ちてゆく」は終止形と考えたいが、「落ちてゆく」と「籐椅子」とが切れるかつながるかは判然としない。「籐椅子や日は安南に落ちてゆく」とすれば形は整うが面白くない。意図的に用いた緩い文体がこの句の魅力だ。

夕焼のさめゆけばはやいなびかり

『雪國』
昭和十二年

「南支那海」と前書がある。夕焼の色があせる頃、空の一方に稲光が見え始めた。『ホトトギス雑詠選集』はこの句を夏の部の「夕焼」の項に収録する。一方「夕焼し雲の中より稲光　岡田耿陽」は秋の部の「稲妻」の項に収録する。同じ稲光だが、青邨の句は洋上の雷雨の接近を告げるもの。耿陽の句は晴れた秋の夜の稲妻の兆し。『ホトトギス雑詠選集』の選者としての虚子は、この二句の稲光を区別している。

女王守る武人群像照る若葉

『雪國』
昭和十二年

「伯林にて」と前書がある。「ブランデンブルグ門の頂上に武人群像がある。（中略）パリーの凱旋門と同じく、光栄の歴史で築いたブランデンブルグ門の群像は雄々しい」とは古舘曹人の鑑賞（『青邨俳句３６５日』）。

動詞は「守る」と「照る」。助詞はない。「女王」「武人」「群像」という硬い語感の名詞が並ぶ。「照る若葉」は「若葉照る」より重い感じがする。重厚な響きの句である。

海港に薔薇咲き人はうすものを

『雪國』
昭和十二年

44

ノルウェーでの旅吟。「ベルゲン港にて」と前書があるが、それがなくても「海港」「薔薇」という言葉の響きから西洋風の街並が連想される。助詞の「を」で句末を止めるのはしばしば青邨が用いる句形。「〜に、〜は、〜を」というテニヲハによって成り立っている一句。「薔薇」という文字があるので意味の上では「咲き」を省略できるはずだが、一見冗長とも思える「咲き」がこの句に滑らかな調子をもたらしている。

山高帽に夕立急ロンドンはおもしろし

『雪國』
昭和十三年

45

「六月より九月まで英国に旅す」と前書がある。「ロンドンや山高帽に夕立急」とすれば五七五におさまるが、この句は「ヤマタカニ・ユダチキュウ・ロンドンハ・オモシロシ」と読ませる。上五と下五はぴったり五音。「夕立急ロンドンは」を中七の字余りと見ればよいのだろうが、そもそも句形を守ろうとした句ではない。「ロンドンはおもしろし」という発見をのびのびと詠いたかったのである。

マリヤ拝み人々新たなる年を

『雪國』
昭和十四年

46

「ウィーンにて元日を迎ふ」と前書がある。昭和十四年の元旦、青邨はホテルの近くの教会のマリヤ像を拝する人々の姿を日記に書き記した（『伯林留学日記』）。

ヒトラーによるオーストリア併合はその前年。青邨は日記に「国を失つて、今はドイツに合併になつた、この人々、ただ宗教によつて、マリヤを拝むことによつて支へてゐるといふやうな光景だつた」と記している。

油虫出づ鬱々と過す人に

『雪國』昭和十四年

何かの事情で鬱々とする人物。頬杖をつき、溜息をつく。デューラーの銅版画を連想する。翼を持った不機嫌な感じの女がどっかと坐っている『メランコリア』という作である。そんな人物の周辺にゴキブリがちょろちょろと顔を出す。「鬱々」と「油虫」とは全く無関係。「鬱々と過ごせる人や油虫」とすれば句形は整う。しかし作者は「過す人に」の「に」によって、油虫と鬱々とした人物とを関係づけた。

木にのぼりとかげものねらふ吾は讀書

『雪國』
昭和十四年

窓辺で本を読んでいる。窓の外を見ると、木の枝に蜥蜴がいる。何かを狙っている様子。ふつうの作り方だと「木に登り蜥蜴は何か狙ひをり」とでもするのだろうけれど、青邨は「吾は讀書」と言い添えて句の中に自分の姿を描き込んだ。蜥蜴は獲物を狙い、人は読書するという対比の関係を作り出したのだ。それによって夏の午後のけだるいような気分を醸し出している。中七を八音、下五を六音とした字余りもまた、言葉の調子をけだるいものにしている。

冬の川白髯橋を以て渡る

『雪國』
昭和十四年

49

白髭橋は隅田川にかかる橋。よってこの「冬の川」は、冬の隅田川である。隅田川を渡るのに何を以て渡ったかといえば「白髯橋を以て」渡ったのである。

「白髯橋を以て」と言ったことにより、隅田川にはいくつもの橋がかかっていて、その時々の用向きによってこの橋を渡ったり、あの橋を渡ったりするという事情も察せられる。今日は偶々、白髭橋を渡ったのである。

100 — 101

春立つと拭ふ地球儀みづいろに

『雪國』
昭和十五年

書斎にでも置いてある地球儀。薄く埃を被っている。埃を拭うと元の色が現れた。地球の表面の多くを占めるのは大洋である。地球儀を拭うと、地球儀の色は大洋の水色となった。

　春の訪れに対する心の弾みが感じられる。上五は「春立つや」でも意味はさほど変わらないが、この句の句柄からすると「春立つと」という軽い口調のほうが好ましいと作者は思ったのだろう。

小母さんと呼びにし人よ花冷に

『雪國』
昭和十五年

「本田あふひ女史一周忌に」と前書がある。本田あふひは青邨よりも十七歳年上。「武蔵野探勝」では、あふひが仲間の俳人たちに菓子や果物を振舞うのが恒例だった。坊城家という華族の出身であるが、後進の俳人にとっては文字通り「小母さん」的な存在だったようだ。「呼びにし」という過去の表現によって物故者であることを示し、さらに「花冷」という季語によって弔意を表現している。

瓜の皮夜も黄なり外寝する人に

『雪國』
昭和十五年

52

「朝鮮にて」と前書がある。年譜によればこの年、青邨は七月から九月にかけて満州・朝鮮を旅行した。同時作に「秋草はさびしきものよ朝鮮よ」がある。

街の灯に照らされて、打ち捨てられた瓜の皮の色がわかる。そのへんに外寝をする人がいる。下五の「する人に」の「に」で瓜の皮と外寝人とが結びついた。

ちなみに「我門の外寝の人をまたぎけり　京城　姚黄　昭和五年」が『ホトトギス雑詠選集』に収録されている。

106 − 107

坂一つ間違へ梅雨の狸穴へ

『露團々』
昭和十六年

53

「麻布某茶室にて」と前書がある。現在も「麻布狸穴町」という町名がある。坂道を一筋間違えたために、誤って狸穴に出てしまったのである。

一見すると事柄の報告のようだが、狸の穴と書く地名の面白さや、梅雨の気分、道を知らないことに対する軽い自嘲を汲み取って鑑賞すると、とぼけた味わいのある句とも思える。

人の訃やネクタイ替へて秋風に

『露團々』
昭和十六年

「人の訃や」という上五が軽妙。帰宅したら訃報が届いていたので、ネクタイを替えて秋風の巷へ出て行ったというのである。

作者にとって深刻な訃ではなく、むしろ浮世の義理で葬儀に駆け付けるといった場面であろう。「人の訃にネクタイ替へて秋の風」ではつまらない。「秋風に」の「に」に青邨風の軽妙さが感じられる。

冬至の日きれい植木屋木の上に

『露團々』
昭和十七年

「冬至の日・きれい植木屋・木の上に」と読むとぴったり五七五。意味の上では「冬至の日きれい・植木屋木の上に」である。「冬至の日きれい」は、子供が「お花きれい」と言うのと同じ。この朴訥とした口調の句は名詞と形容動詞の語幹とテニヲハだけで成り立っている。

青空に冬至の日輪が輝き、植木職人が木の上で枝を整えているというシンプルな景。キの音がよく響いている。

老が手に塗る畦光り縦横に

『花宰相』
昭和十九年

農家の老人がその手で畦を塗る。昭和十九年だから若者は出征したとも読めるが、そのことを露骨に詠むことは出来ない時世であった。

句の気分は明るい。畦の土は濡れて輝いている。縦に横に順調に仕上がりつつある。「老が手に塗り縦横に畦光る」とすれば語順の倒置は避けられるが、作者はあえて「縦横に」を下五に据えた。読後には伸びやかな「縦横」の印象が残る。

巣燕や田口先生オルガンを

『花宰相』
昭和二十年

「東村山分校にて」と前書がある。分校の軒下に燕が巣を営んでいる。音楽の時間、先生はオルガンを弾き、子供たちは唱歌を歌う。戦時色の濃い頃の句だが気分は明るい。子供に未来を託す思いでこのような句を詠んだのだろうか。

読者に「田口先生」が通じないことを作者は百も承知。それでもあえて実名を詠み込んだ。事実に即したリアルさの演出。それも写生のうち。

花菖蒲こゝより見れば一列に

『花宰相』
昭和二十年

菖蒲園の花菖蒲。整然と植えてある。ある角度からは一列に見える。ようするに「花菖蒲一列に」ということだ。「こゝより見れば」は一見無駄に思えるが、作者の目の位置（見る主体）を一句の中に明確に描き込んだ。読者は作者と一体になって「こゝ」に立ち、花菖蒲を見ている作者と視線を共有する。シンプルだが、写生の技を感じさせる一句。

泣く時は泣くべし萩が咲けば秋

『花宰相』
昭和二十年

「八月十五日承詔」と前書がある。虚子には「秋蟬も泣き蓑虫も泣くのみぞ」がある。当時虚子は七十一歳。文字通り「これは挨拶でございます」という体の句。お能のシオリのようで、感情の露わさ、生々しさは感じられない。

一方の青邨の句は、雅量を保ちつつも敗戦に対する悲しみは率直だ。青邨は当時五十三歳。両句の肌合いの違いは句風の違いか、年齢の違いか。

いぶり炭ありて情のしみじみと

『花宰相』
昭和二十一年

「秩父の銘仙君等炭を送り来る」と前書がある。「いぶり炭」とはよく焼けていなくて煙る炭。その煙の刺激が炭を送ってくれた句友の情を思わせる。「いぶり炭」「しみじみ」という音の響きが効いている。炭があることへの感謝は物資の乏しい時代ゆえか。「秩父の銘仙君」とは「まつはれる火蛾に目くれず織敵」「織疵に灯取虫舞ふ灯をさしかざす」の作者の有本銘仙であろう。

種薯のこのあえかなる芽を信じ

『花宰相』
昭和二十一年

昭和二十一年はまだ食糧難の時代。庭を畑とし、馬鈴薯を植える。種薯の小さな芽が大きく育つ可能性を信じている。「このあえかなる芽を信じ」は切実。言葉は大げさ。そこに、そこはかとないユーモア、あるいは心のゆとりのようなものも感じられる。

「種薯ともらひしものを食ひ恥ぢぬ」は同時作と思われる。種薯としてもらった薯を食べてしまったのだ。当時の食糧事情が窺われる。

髪切虫の絣のきものの緑蔭に

『花宰相』
昭和二十一年

「絣のきもの」とはゴマダラカミキリであろう。この句もまた用言（動詞、形容詞など）がない。名詞とテニヲハだけで組み立てた句だ。

「髪切虫の絣のきもの」という十二音だけで詩になっている。ユーモア、ポエジーがあり、季語（髪切虫）が備わっている。下五の「緑蔭」は季重なりを意に介さない詠み方。髪切虫のいる木立の実景に即しつつ、紺と緑の色合わせを考えた句だ。

あさがほや二人のむすめ孝行を

『花宰相』
昭和二十二年

昭和二年生の長女、昭和四年生の次女はこの句の頃ともに二十歳前後。「ほのかなる香水をたてわがむすめ」という句もある。香水の句について青邨は「世の中は騒然としている。食うものもない、着るものもない、贅沢品など何一つない。そんな時に少女が年頃になってゆく、淋しい、悲しいことである」と自解する。そのような背景を捨象して読んでも、掲句は朝顔と孝行な姉妹とが響き合っている。

みちのくの青きばかりに白き餅

『花宰相』
昭和二十三年

みちのくの餅は青いばかりに白い。白さが極まって青さを感じた。餅肌という言葉も連想する。

敗戦後、三回目の正月。まだ戦後間もないと言える頃。目の前の餅を介して、平和であること、食べるものがあることの有難みを嚙みしめている。その切実さが「青きばかりに白き餅」という口吻に表れている。しかも故郷の「みちのく」の米で出来た餅であればその有難みはひとしおである。

ゼンマイは椅子のはらわた黴の宿

『庭にて』
昭和二十三年

椅子の「はらわた」としてのゼンマイの存在が意識されるのは、カバーが破れ、そこから中身がのぞいている状態であろう。「はらわた」という語感が生々しい。椅子自体には何の季節感もないが、「黴の宿」によって薄暗い室内の湿っぽい空気が感じられる。「はらわた」と「黴」の取り合わせを作者は面白がっている。作者自身もゼンマイが露出した椅子だと自解している（『自選自解山口青邨句集』）。

こほろぎのこの一徹の貌を見よ

『庭にて』
昭和二十三年

「座右ボナールの友情論あり」と前書がある。友情の大切さを説いた先賢の言葉を念頭に置きつつ、コオロギの面貌をしげしげと見る。するとコオロギの面構えは頑固一徹の人物のように見えて来た。

青邨は「私も頑固一徹なところがあるようだ、こおろぎの貌を見ていておかしくなった」と自解している（『自選自解山口青邨句集』）。

上五中七の「こ」の頭韻が句の気分と合っている。

恋の矢はくれなゐ破魔矢白妙に

『庭にて』
昭和二十四年

青邨の破魔矢の句では「たまはれる破魔矢は恋の矢としてむ」が有名。初詣に連れ立つ若い男女を詠んだのだろうか。このとき青邨は五十六歳のオジサンである。「恋の矢はくれなゐ」「破魔矢白妙に」という対句がそのまま俳句になっている。名詞以外の文字は助詞の「の」と「は」と「に」だけ。五七五で切ると「恋の矢は」「くれなゐ破魔矢」「白妙に」となる。対句の音律と五七五の切れ目とがずれているのが、拍子に合いの手を入れるようで楽しい。

ローソクは灯さず長し春の寺

『庭にて』
昭和二十四年

「長崎大浦天主堂」と前書があるが、句は「寺」としている。火のついていない、長いままの蠟燭が目の前にある。「春」の気分をどう解するかは読者次第。長閑でうららかな陽春と解するか。ひんやりとした早春の気分を感じ取るか。「灯さず長し」によって、ひっそりとした感じが伝わって来る。

下五は「寺の春」もあり得るが、「春の寺」としたほうが、建物の印象がはっきりする。

遠ければ蝶のごとくに鷺とべる

『庭にて』
昭和二十四年

誓子には「美しき距離白鷺が蝶に見ゆ」がある（句集『青銅』昭和四十二年刊・所収）。青邨の「夏山の重畳たるに熔鉱炉」と誓子の「七月の青嶺まぢかく熔鉱炉」も同様の景を詠んでいる。

誓子は「美しき距離」「七月の青嶺まぢかく」と書く。誓子の句のほうが、表現の工夫が露わである。青邨は「遠ければ」「夏山の重畳たるに」と詠む。私は表現の鋭さを抑えた青邨の句を好ましく思う。

秋草を活けかへてまた秋草を

『庭にて』
昭和二十四年

活けた秋草が日を経てしおれて来たので、取り替えてまた秋草を活けた。「文机やまた秋草を活けかへて」と書いても秋草のあとに秋草を活けたことはわかる。あえて反復した「秋草を」は十七音中十音を占める。

「菊咲けり陶淵明の菊咲けり」（『雪國』所収）の場合も「わが庭に陶淵明の菊咲けり」でも句は成り立つが、あえて「菊咲けり」を反復した。これらは反復による調べのよさを優先した詠み方である。

捕鯨航母船橋立丸を殿に

『庭にて』
昭和二十四年

「南氷洋捕鯨船団を送る――十二月三日、日本水産株式会社捕鯨船団横浜を出帆、南氷洋に向ふ、冷雨強風」と前書がある。意味の上では「ホゲイコウ・ボセンハシダテマルヲ・シンガリニ」だが、音読の場合「ホゲイコウボセン・ハシダテマルヲ・シンガリニ」のように中七下五を七音五音として読むと調子がよい。「しんがりをすすむ母船や捕鯨航」とすれば字余りは解消するが、「橋立丸」という船名がもつ臨場感は失われる。「橋立」という言葉の響きに読者は何かを感じるのだ。

めつむりて夜橇にあれば川音も

『冬青空』
昭和二十六年

「昭和二十五年十二月、新潟県新津附近に旅行」と前書がある。橇で夜道を進んでいる。夜道に沿って流れている川の音が聞こえる。橇で走りながら耳に聞こえるのだから、それなりの響きであろう。

「めつむりて」という上五は景を描写したわけではないが、橇に乗って進んでいる作者の状態や心持ちが想像される。下五が「川の音」ならば聞こえるのは川音だけだが、「川音も」とすると橇が雪を擦る音や風の音などが想像される。「夜橇」は造語。いい言葉だ。

松過の幸運それはトランプの

『冬青空』
昭和二十七年

73

「幸運」とはトランプ占いだろうか。あるいは手札に恵まれて勝負に勝ったのだろうか。いずれにせよ他愛のないことである。

「松過」なので、改まった正月の遊びではなく、ふだんのちょっとした息抜きかもしれない。「松過の幸運」とはいかにもささやかである。そのあとに取って付けたように「それはトランプの」と言い添えた口調が可笑しい。

姿見の池や金魚とわが顔と

『冬青空』
昭和二十七年

「木曾寝覚の床に遊ぶ（後略）」と前書がある。

「姿見の池」には浦島太郎が玉手箱を開いた後に姿を映して見たという伝承がある。名所の池なのだが、のぞき込むと何のことはない、どこにでもいそうな金魚がいて、何の変哲もない「わが顔」が映っているだけ。名勝を少し茶化したような俳味がある。

「映る」などの動詞を使わなくても「金魚とわが顔と」で十分に景はわかる。助詞の「と」を活用した叙述である。中七下五の「と」の反復が心地よい。

七浦の一つのここに潮浴びに

『冬青空』
昭和二十七年

「安芸宮島に遊ぶ」と前書がある。「安芸の宮島まはればば七里、浦は七浦七恵比須」という俚謡があるらしい。その七浦の一つの浦に海水浴に来たというのである。動詞は省略されているが、「ここに」とあるので句の主人公は今現在その浦にいることが読み取れる。

いまどきの海水浴なのだが、それをあえて古式ゆかしい「潮浴び」などと気取って言った。それは古い歴史を持つ宮島だから、と言いたいのである。そのへんにこの句の俳味がある。

コスモスの月夜月光に消ゆる花も

『冬青空』
昭和二十七年

月夜、咲いている花がコスモスであることは明らか。月明りの下、一個一個の花をつぶさに見ようとするが、個々の花は定かに見えない。月の光の加減によって見える花もあれば、見えそうで見えない花もある。そんな印象を「月光に消ゆる花も」と詠んだのであろう。

「コスモス」と言って「花」と言い、「月夜」と言って「月光」と言ったのは一見稚拙。しかし「コスモスの月夜」は一句全体の大きな背景。「月光に消ゆる花も」は局所の小景。そう考えると、この句は大景と小景を取り合わせた見事な叙景である。

その前をきれいに掃いて飾賣る

『冬青空』
昭和二十七年

77

年末の街頭に立つ飾売り。ちょっとした棚に注連飾を並べ、道行く人に声をかける。商売を始めるにあたり自分の棚の前を掃き清めた。縁起物の商売だから当然だが、そこにその人らしさが出ている。じっさいに掃くところを目撃したかどうかはともかく、その人の前だけが塵一つなく、箒目でも残っているのであろう。冒頭の「その」が何を指すかはしばらく宙ぶらりんで、下五の「飾賣る」を読むと一句の景がわかる。これも一つの叙法である。

こよひよりこの草の戸もおぼろにて

『冬青空』
昭和二十八年

「草火君長男左京君の新婚に句を求められて」と前書がある。新婚を祝する挨拶句。めでたい新婚所帯を「草の戸」とはお世辞にほど遠い。

虚子は門下の佐藤眉峰の結婚を祝して「而して蝿叩きさへ新しき」と詠んだ。新婚に「蝿叩き」は不景気だが、俳諧の付き合いだから美辞麗句より俳諧味のほうが馳走なのだ。青邨の「草の戸」にも同様の感覚があろう。

さらに言えば虚子の「新しき」、青邨の「おぼろにて」には軽く揶揄しつつも新婚を寿ぐ心延えが感じられる。

この町や田舎銀座の春の灯を

『乾燥花』
昭和二十九年

何々銀座と称する、ちょっとした商業地区。たとえば「戸越銀座」。具体的な町名を詠むと差しさわりがあるわけでもあるまいが、漠然と「この町や」と詠んだ。日本中どこにでもありそうな「田舎銀座」。どこの「田舎」を想像するかは読者次第。

「春の灯」は「田舎銀座」のつつましいネオン、古びたショーウィンドーを照らす暗めの電球、安っぽい看板を照らす蛍光灯など。もちろんそう思うのは今日のレトロ趣味であって、昭和二十九年の「田舎銀座」には戦後の経済復興の活気が漲っていたことだろう。

芒原まつたく月の白さにて

『乾燥花』
昭和三十年

さきほどの「この町や田舎銀座の春の灯を」もそうだが、この句にも動詞がない。動詞がなくても文脈に停滞感はない。上から下へ読み下すとき言葉に躍動感がある。前句の「〜や〜を」、この句の「まつたく〜にて」といった巧みな助詞や副詞の使い方が文脈に生気を与えている。「芒原まつたく月の白さにて」とはただ単純な叙景だが、文脈の躍動感によって月に輝く芒の穂の印象をよく捉えている。

この新樹月光さへも重しとす

『乾燥花』
昭和三十年

前句と同様、月光が草木を照らすモチーフ。濡れたようにつややかな若葉に月光が惜しげなく降り注ぐ。

「この新樹」の「この」は眼前の木であることを強調する。「月光さへも重しとす」は、若葉の柔らかさや繊細さを強調する。単純化すれば「月下の新樹」に尽きる句だが、「この」「さへも」「重しとす」といった一見冗長とも思える措辞が巧みに使われている。それゆえ、この句の十七音はむしろ心地よい長さとして感じられる。

バスに乗れば風船のとぶ新宿に

『乾燥花』
昭和三十一年

杉並区に住んでいた青邨は、新宿へはバスを利用したのだろう。バスに乗った。新宿に近づいてゆく。西口であろう。新宿の街が見えて来た。のどかな春の日。昭和三十年代の初頭。繁栄を取り戻しつつある時代。街の空を飛ぶ風船も当時の景気を反映しているような感じがする。

バスに乗ったら、バスは風船の飛ぶ新宿に到ったという詠み方である。あたかも他人事のような口吻。そこにとぼけた味がある。

初富士のかなしきまでに遠きかな

『粗餐』
昭和三十二年

83

阿波野青畝の「初富士を隠さうべしや深庇」には富士の他に庇が描かれているが、掲句には富士以外のものは描かれていない。背景はただ青空があるばかり。

この句における描写は「遠き」という自明の事柄だけ。そこに「かなしき」という情を添えた。

自分の手の届かない遥かなものを思うとき、その思いは己の存在の微小さに帰着し、かなしくなる。そのような素朴な感情を詠み添えることによって初富士の遥かさが際立つ。無技巧にして究極の技巧というべき作。

かちやかちやとかなしかりけり蜆汁

『粗餐』
昭和三十二年

「かちゃかちゃ」は蜆をせせり食う音を身も蓋もなく言い表している。「かちゃかちゃ」とは無心の音であり、一種の浅ましささえ感じられる。

音を立てて蜆を食う自分たち人間の姿を「かなし」と感じた。大げさにいえば、生きていかねばならぬことの悲哀とでもいうのだろうか。

中七の「かなしかりけり」、下五の「蜆汁」の体言止めにより句形は端正。端正な句形で卑俗な事柄を詠んだことも一種の俳味といえよう。

蟻騒るただ老醜の憎しみに

『薔薇窓』
昭和三十七年

痛いと思ったら蟻が咬んでいる。なぜ咬むのか。それは老醜の兆した我が皮膚を蟻が憎いと思ったからだ。醜いものに対する憎悪という普遍的な感情を蟻に託して詠んだ句とも言えようか。

「憎しみに」の「に」に余韻がある。快い余韻ではない。ネガティブな心理が句末で完結せず、言外に漂いだしているかの如くである。この頃、青邨は古希を迎えた。自嘲気味に「老醜」と詠んでもおかしくはない。

こよろぎの浜の石とて蓬萊に

『薔薇窓』
昭和四十年

「こよろぎの浜」は神奈川県の大磯あたりの海岸。古来、歌に詠まれてきた。「こよろぎの浜」で拾って来た石を正月飾りの蓬萊に置いたのであろう。

ちょっとした遊び心であるが、海の躍動を感じさせるような「こよろぎ」という古風な地名が蓬萊にめでたさを添えるような感じがする。

「とて」「に」という二つの助詞だけで、気持ちや動きを表現している。

街並は繭玉さして遊行寺に

『不老』
昭和四十一年

遊行寺は藤沢市にある一遍上人ゆかりの寺。その門前の正月風景である。「さして」は団子を枝にさして、という意味であろう。街並のいたるところに繭玉が設えてある。その街並が遊行寺に向かって続いている。下五の「遊行寺に」の「に」はそういう心持ちであろう。

「遊行寺」という寺の名の軽やかな響きが句柄と合っている。これがたとえば「醍醐寺」や「総持寺」などではこの句のような軽快な味わいは出ない。

こけし目を細め朝顔大輪に

『不老』
昭和四十三年

88

室内の棚にこけしがある。窓には朝顔が見える。こけしと朝顔が同時に視野に入る状況は必ずしも不自然ではない。とはいえ「こけし目を細め」と「朝顔大輪に」を並べただけで一句にしたのは自在、大胆、無造作、粗雑、唐突などといかようにも評し得る。

もちろん、こけしの細い目と朝顔の大輪とは対照的。朝顔を愛でてこけしが目を細めたとの俗解も可能。モノとモノを無造作に並べ、その関係性（無関係であることも含む）の解釈は読者任せである。

初日射す軒の松よりペン皿に

『不老』
昭和四十四年

青邨には「庭の松小さし雷呼ぶこともあらじ」（『雪國』昭和十年）という句がある。「雑草園」と称した青邨の家の庭には松があった。軒に近い松の枝越しにさして来る初日が今、机上のペン皿に及ぶ。書斎で迎えたすがすがしい正月。

散文なら「ペン皿に軒の松より初日射す」となるわけだが、倒置法によっていきいきとした口調になった。

初写真腹切矢倉背景に

『繚乱』
昭和四十六年

「腹切矢倉」は往時の武将がここで切腹したという言い伝えのある矢倉（岩に穴をうがった矢倉）。史跡として名所になっているのであろう。よりによってそういう縁起でもない場所で初写真を撮った。

名詞を並べた後、もうしわけのように助詞の「に」を付けた句形。句材はキワモノ的だが、下五の「背景に」があまりに無造作なので句柄は落ち着いている。「ハ」の頭韻が妙に可笑しい。

残雪のパンダの如き一塊も

『寒竹風松』
昭和四十九年

田中角栄内閣による日中国交回復を記念して中国からパンダが贈られたのが昭和四十七年。この句の頃は、上野公園のパンダはカンカンとランランであった。

この句はパンダの句ではない。残雪の句である。東京の雪であろう。雪だるまの残骸や路傍にかき寄せた雪に土が付着している。そんな中にパンダのような雪の塊もあるというのである。「パンダの如き」とは、形（ゴロゴロとした塊）と色（雪と土の斑模様）の両面に着目した比喩。パンダという時事ネタを用いた、茶目っ気のある作。

五月よし五月はかなし人死にて

『寒竹風松』
昭和四十九年

青邨は明治二十五年五月十日生。五月は誕生月。五歳で母と死別。幼時の回想には淋しさがつきまとっていたのではなかろうか。

初夏の気分は「五月よし」と思わせるものの「五月はかなし」という思いが心のどこかにある。「人死にて」は特定の人の訃とも読めるが、こんな五月にもどこかで誰かが死んでいるという思いがありはしないか。正岡子規も例年五月は不調の月であった。

抽象具象風船葛風船を

『日は永し』
昭和五十三年

散文にすると「あの形は抽象なんだか具象なんだか、風船葛が今年も風船のような実をつけたことよ」というほどの句意。

「抽象」と「具象」が並び、「風船葛」と「風船」が並んだ名詞の羅列が、句末の「を」の一文字を得て生き生きと動き出す。句の音律は七・七・五。声に出して読むと「象（ショウ）」と「船（セン）」の響きが心地よい。常識的な「巧さ」を突き抜けた自在な詠みぶり。

網張つて蜘蛛は風流わが軒に

『日は永し』
昭和五十六年

94

軒下に蜘蛛が巣を張ったというだけのこと。それを「風流」と詠んだ。もともと風流なものはわざわざ風流と言う必要はない。風流でないものを「風流」と詠むことに興じている。取って付けたような下五の「わが軒に」にも一抹のユーモアがある。わざわざ「わが」と断ったあたりに茶目っ気を感じる。

「蜘蛛の網風流にしてわが軒に」と比べれば一目瞭然だが、「網張つて蜘蛛は風流」という、嚙み砕いた言い回しにも巧さを感じる。

婆の日傘借りポストまで厨より

『日は永し』
昭和五十六年

95

あまりに日ざしがきついので、投函に行くときに夫人の日傘を借りた。お勝手を出て近所のポストまでのわずかな距離。

夫人のことを照れと親愛の情を以て「婆」と呼んだ。その感覚は世代的なものかもしれない。ある年配の紳士が、助手席の奥さんに地図で道を調べさせることを「婆ナビ」と呼んでいたことを思い出す。

何の気どりもない、しかしほのぼのとしたユーモアの漂う作。

192 − 193

ででむしや新幹線はみちのくへ

『日は永し』
昭和五十七年

青邨が「みちのく」出身者であることを踏まえて読みたい句。東北新幹線は昭和五十七年六月に大宮・盛岡間が開通。「ででむしや」は六月の季節を踏まえているが、交通その他の面で東京圏よりも何かと遅れがちであった「みちのく」の歩みを思っての「ででむし」とも解せよう。

「新幹線はみちのくへ」という鉄道会社の謳い文句のような中七下五に「ででむしや」を添えただけで一句に仕立ててしまった。

わが庭のけふを元日木も石も

『日は永し』
昭和五十八年

「元日」の句だから「けふを元日」に決まっている。「わが庭」も「木」も「石」もふだん見慣れたもの。めでたさというより、常の景を見つつ迎えた元日の穏やかさを詠んだ句である。

句材は平凡。語り口はアバウト。しかし「わが庭の」「けふを元日」「木も石も」の「の」「を」「も」「も」のテニヲハによる言葉の運びが心地よい。

顔も忘れ彼岸の母を香煙に

『日は永し』
昭和五十八年

98

明治二十五年生まれの青邨は五歳で母と死別。句会の先輩からは、青邨選に採られたかったら「母」と「廃鉱」を詠み込むと採られ易いという話を聞いたことがある（青邨は鉱山学者だった）。また、ある句会で「孤児院」の「孤」を「狐」と書き誤った句に対して青邨が激怒したという話を聞いたことがある。

「顔も忘れ」と詠み、「彼岸の母を香煙に」と詠んだ青邨は九十歳であった。

床の軸虚子桐一葉人の訃を

『日は永し』
昭和六十一年

床の間にかけた掛軸は虚子の「桐一葉日当りながら落ちにけり」である。折しも知人の訃報が届いた。人の訃を思いながら、桐一葉の散りざまを詠った虚子の句を眺めているのである。

「床の軸、虚子、桐一葉、人の訃を」という、途切れ途切れに呟くような文体。そこには思わぬ訃報に思考停止しているような趣もあろうか。

虚子句中の「桐一葉」が季語。四季折々の軸をかけるとすれば、現実の季節も当然、桐一葉が舞い落ちる頃と解すべきである。

成人の日はありがたく老の身も

『日は永し』
昭和六十三年

青邨が亡くなったのは昭和六十三年十二月十五日。享年九十六歳。五月生まれなのでこの句を詠んだときは九十五歳であった。

成人の日は休日だから有難いというわけではあるまい。次代を担う若者が成人する。世代を超えて人の世が続いてゆく。そのことが有難く尊いのである。その有難さを自分のような老いさき短い老人も共有している。そういう思いで「老の身も」と下五に言い添えたのではなかろうか。

青邨の句の文体について

青邨の作風について山本健吉は「秋桜子・誓子ほど野心的な表現意欲もなく、新風を樹立するにも至らなかったが、どこか余技的な余裕があり、平明で、淡白な中に心がこもり、明るく健康で教養人的であるのが、彼ら（青邨と風生　引用者注）を『ホトトギス』の主流に位置せしめているのである。両者を比較すれば、風生のほうが俳句的ひねりが利いており、軽妙瀟洒繊細なのに対して、青邨は単純で一本調子で質実で感情の襞がおおまかである。風生が女性的なのに対して、青邨は男性的である。だが両者とも一種の近代的感覚を身につけ、社会人的・紳士的洗練を句の上に漂わせていることにおいて、古い俳諧者流と区別される」（『現代俳句』）と評した。「単純で一本調子」と山本健吉は言うが、私は必ずしもそうは思わない。最晩年の句まで通読して強く感じるのは、むしろその文体の多様さ、自在さである。

以下、青邨の句の文体の多様さを見るべく、本書に取り上げた作品を中心に、句末表現のパターンを見て行きたい。

◆「かな」「けり」

海の日の爛旰として絵踏かな　『雑草園』昭和四年
ひもとける金槐集のきら丶かな　『同』同
みちのくの町はいぶせき氷柱かな　『同』同五年
ほぐれんとしてたくましき木の芽かな　『同』同
かじかめる手をもたらせる女房かな　『同』同
祖母山も傾山も夕立かな　『同』同八年
山ざくらまことに白き屛風かな　『雪國』同九年
初富士のかなしきまでに遠きかな　『粗餐』同三十一年

青邨の主要な作品のいくつかはオーソドックスな「かな」止めの句形である。一般に「名詞＋かな」が多いが、「初富士」の句は、形容詞の連体形に「かな」を付けた。「かなしきまでに遠かりし」とする案もあるが、詠嘆の力強さは「遠きかな」にある。次の句は「けり」止めの例。

ハンモック海山遠く釣りにけり　『雪國』昭和十一年

◆名詞止め

鉱山の暑き日となり昼按摩　『雑草園』大正十一年

天近く畑打つ人や奥吉野　『同』同十五年

夏山の重畳たるに熔鉱炉　『同』昭和五年

湯女がゆく崖に道あり山ざくら　『同』同六年

おでん屋の屋台の下の秋田犬　『同』同

子供等に夜が来れり遠蛙　『同』同七年

みちのくの雪深ければ雪女郎　『同』同

へつつひのけむりにむせぶ梅の宿　『同』同八年

わが前に垂れて花あり枝垂梅　『同』同九年

螢火やこぽりと音す水の渦　『雪國』同

山妻に豆飯炊かせ同人等　『同』同十年

芋虫の太りにけりな露の宿　『同』同十一年

みちのくの如く寒しや十三夜　『同』同

夕焼のさめゆけばはやいなびかり　『同』同十二年

女王守る武人群像照る若葉　『同』同

木にのぼりとかげものねらふ吾は讀書　『同』同十四年

泣く時は泣くべし萩が咲けば秋　『花宰相』同二十年

みちのくの青きばかりに白き餅　『同』同二十三年

ゼンマイは椅子のはらわた黴の宿　『庭にて』同

ローソクは灯さず長し春の寺　『同』同二十四年

かちやかちやとかなしかりけり蜆汁　『粗餐』同三十二年

◆形容詞・動詞の終止形

「かな」「けり」や名詞止めが多いのは他の俳人同様である。青邨の場合、形容詞・動詞の終止形を句末に用いた句が目立つ。終止形を句末に用いるのは文法的には自然な姿だが、俳句の場合、句末の終止形はいくぶん素っ気ない感じがする。余情が出にくいのだ。そのため終止形でズバッと言い切ることには若干の勇気が要る。

仲秋や花園のもののみな高し　『雑草園』昭和六年
ふんばれる真菰の馬の肢よわし　『雪國』同九年
紙燭の𦦙天に向ひて梅白し　『同』同十年
落し文ゆるく巻きたるもの悲し　『同』同十一年
山高帽に夕立急ロンドンはおもしろし　『同』同十三年

「高し」「よわし」「白し」「悲し」「おもしろし」とは素っ気なく言いおおせた感じがする。逆に、その素っ気なさが一種の朴訥さとして感じられる。
その点は、以下のように動詞の終止形で終わる句も同様であろう。

をみなへし又きちかうと折りすゝむ　『雑草園』昭和四年

草刈りしあとに蕗の葉裏返る　『同』同六年

冬の川白髯橋を以て渡る　『雪國』同十四年

その前をきれいに掃いて飾賣る　『冬青空』同二十七年

この新樹月光さへも重しとす　『乾燥花』同三十年

「折りすゝむ」「裏返る」「渡る」といういくぶん不愛想な句末に味わいがある。山口誓子も「かりかりと蟷螂蜂の皃を食む」「夏草に気罐車の車輪来て止る」「夏の河赤き鉄鎖のはし浸る」「冬河に新聞全紙浸り浮く」など、動詞の終止形を句末に好んで用いた。だが、メカニック・無機的などと評され、狙い澄ましたような印象のある誓子の句とは対照的に、青邨における動詞の終止形は訥々とした風情がある。

実朝の歌ちらと見ゆ日記買ふ　『雑草園』昭和八年

は「見ゆ」「買ふ」という二つの終止形を巧みに使いこなしている。自動詞の「見ゆ」（実朝の歌が目にとまった）から他動詞の「買ふ」（買うことにした）への主語の転換が効果的。

◆形容動詞の連用形・副詞

このあたりから青邨らしい、自在な句形が登場してくる。

草庵の甕に孑孑幸福に　『雑草園』昭和七年

老が手に塗る畦光り縦横に　『花宰相』同十九年

「幸福に」「縦横に」はいくぶん不安定ではあるが、連用形ゆえに余韻はある。

次は副詞で終わる作例。

いぶり炭ありて情のしみじみと　『花宰相』昭和二十一年

秋風や人の命のことをふと　『日は永し』同五十五年

露の玉好む危きところいつも　『同』同

「しみじみと」「ふと」「いつも」という、言いさしたような止め方は青邨の好んだところ。一見すると句の仕上げが雑なように見えるが、その塗りむらのような口調はむしろ生き生きとした感じを与える。

◆助詞「も」

めつむりて夜橇にあれば川音も　『冬青空』昭和二十六年

コスモスの月夜月光に消ゆる花も　『同』同二十七年

残雪のパンダの如き一塊も　『寒竹風松』同四十九年

春深しかなしき稿を書くことも　『日は永し』同五十四年

わが庭のけふを元日木も石も　『同』同五十八年

成人の日はありがたく老の身も　『同』同六十三年

「も」で止めた句も多い。散文で書けば「〜もまた云々」となるところ、「云々」を略した文体である。青邨の文体には独特の躍動感や良い意味の屈折感があり、句末の「も」に余韻が感じられる。

◆助詞「を」

李先生紅梅の酒家に麻雀を　『雪國』昭和十二年

海港に薔薇咲き人はうすものを　『同』同

マリヤ拝み人々新たなる年を　『同』同十四年

巣燕や田口先生オルガンを　『花宰相』同二十年

あさがほや二人のむすめ孝行を　『同』同二十二年

秋草を活けかへてまた秋草を　『庭にて』同二十四年

この町や田舎銀座の春の灯を　『乾燥花』同二十九年

抽象具象風船葛風船を　『日は永し』同五十三年

床の軸虚子桐一葉人の訃を　『同』同六十一年

「を」で止めた句も多い。麻雀をしている、薄物をまとっている、新年を迎える、オルガンを奏でる等々の述語を省略し、「〜を」と言いさした形である。ジャズのようにストンと終わる終わり方である。

◆助詞「に」「の」「にて」

連翹の縄をほどけば八方に　『雑草園』昭和五年

雑閙のお閻魔さまへ汗かきに　『同』同八年

雨どゞと白し菖蒲の花びらに　『雪國』同十年

安南に日は落ちてゆく籐椅子に　『同』同十二年

油虫出づ鬱々と過す人に　『同』同十四年

春立つと拭ふ地球儀みづいろに　『同』同十五年

小母さんと呼びにし人よ花冷に　『同』同

瓜の皮夜も黄なり外寝する人に　『同』同

人の訃やネクタイ替へて秋風に　『露團々』同十六年

冬至の日きれい植木屋木の上に　『同』同十七年

花菖蒲こゝより見れば一列に　『花宰相』同二十年

髪切虫の絣のきもの緑蔭に　『同』同二十一年

捕鯨航母船橋立丸を殿に　『庭にて』同二十四年

松過の幸運それはトランプの　『冬青空』同二十七年

七浦の一つのここに潮浴びに　『同』同

こよひよりこの草の戸もおぼろにて　『同』同二十八年

芒原まつたく月の白さにて　『乾燥花』同三十年

バスに乗れば風船のとぶ新宿に　『同』同三十一年

みちのくの畔豆引けばもう冬に　『粗餐』同三十二年

蟻螯るただ老醜の憎しみに　『薔薇窓』同三十七年

草の花反魂草と聞くからに　『同』同三十九年

こけし目を細め朝顔大輪に　『不老』同四十三年

初写真腹切矢倉背景に　『繚乱』同四十六年

網張つて蜘蛛は風流わが軒に　『日は永し』同五十六年

鶯餅あはれ鶯一口に　『同』同五十八年

顔も忘れ彼岸の母を香煙に　『同』同

◆助詞「へ」

万燈の花ふるへつゝ山門へ　『雑草園』昭和七年

坂一つ間違へ梅雨の狸穴へ　『露團々』同十六年

でで虫や新幹線はみちのくへ　『日は永し』同五十七年

◆その他

この里の通りすがりの初音こそ　『雑草園』大正十五年

吸入の妻が口開け阿呆らしや　『同』昭和六年

をばさんがおめかしでゆく海贏うつ中　『雪國』同十一年

こほろぎのこの一徹の貌を見よ　『庭にて』同二十三年

五月よし五月はかなし人死にて　『寒竹風松』同四十九年

婆の日傘借りポストまで厨より　『日は永し』同五十六年

パリー祭ワインを飲んでただそれと　『同』同六十一年

句末表現に着目しつつ、青邨の句の文体の多様さ、自在さを見た。その特色は初期の『雑草園』『雪國』からのものである。青邨の師である高浜虚子は、青邨の「人人を待つ吾れ人を待つ秋の暮」（『雪國』昭和十一年）を『ホトトギス雑詠選集』に採り、「横縞は妻縦縞は人妻単帯」（『冬青空』昭和二十七年）を句会の選に採った(※)。一見ぎこちないが、独特のリズムが飄逸味を醸し出す青邨の句の魅力を、虚子の選句眼は見逃さなかったのだ。

※ある句会で星野立子の「鎌倉の大西日とは此処の景」と青邨の「縦縞は妻横縞は人妻単帯」を、「私がとったばかりで誰も取らなかった」と虚子は言う(「玉藻」昭和二十七年十一月 出所『立子へ抄』岩波文庫)。なお青邨句集『冬青空』では「横縞は妻縦縞は人妻単帯」となっている。

*

山口青邨に関わる本書を古舘曹人・小佐田哲男・斎藤夏風各氏の霊前に捧げる。

また本書のもとになった連載の場を与えて下さった俳誌「円虹」の山田佳乃主宰に感謝を申し上げる。

初句索引

著者略歴

岸本尚毅（きしもと・なおき）

1961年岡山県に生まれる。初学時代は「渦」に投句し赤尾兜子の選を仰ぐ。兜子の死後、「青」に投句し波多野爽波の選を仰ぐ。平成３年田中裕明とともに「青」同人賞を受賞。「ゆう」に投句し田中裕明の選を仰ぐ。現在「天為」・「秀」同人。著書に句集『舜』（第16回俳人協会新人賞）『高浜虚子　俳句の力』（第26回俳人協会評論賞）、『生き方としての俳句』、『虚子選ホトトギス雑詠選集100句鑑賞（春・夏・秋・冬）』、『シリーズ自句自解Ⅰベスト100岸本尚毅』、『高濱虚子の百句』、『「型」で学ぶはじめての俳句ドリル』（夏井いつき氏と共著）など。

発行　二〇一九年二月一四日　初版発行
著者　岸本尚毅© Naoki Kishimoto
発行人　山岡喜美子
発行所　ふらんす堂
〒182-0002　東京都調布市仙川町一―一五―三八―2F
TEL（〇三）三三二六―九〇六一　FAX（〇三）三三二六―六九一九
URL http://furansudo.com/　E-mail info@furansudo.com

山口青邨の百句

振替　〇〇一七〇―一―一八四一七三
装丁　和兎
印刷所　日本ハイコム㈱
製本所　三修紙工
定価＝本体一五〇〇円＋税
ISBN978-4-7814-1149-1 C0095 ¥1500E